capa e projeto gráfico **Frede Tizzot**
e **Fabiano Vianna**

ilustrações **Fabiano Vianna**

encadernação **Lab. Gráfico Arte e Letra**

V 617
Vianna, Fabiano
Quem costura quando Mirna costura / Fabiano Vianna. - Curitiba : Arte & Letra, 2021.

100 p.
ISBN 978-65-87603-14-8

1. Ficção brasileira I. Título
CDD 869.93

Índice para catálogo sistemático:
1. Ficção: Literatura brasileira 869.93
Catalogação na Fonte
Bibliotecária responsável: Ana Lúcia Merege - CRB-7 4667

Arte & Letra
Rua Des. Motta, 2011. Batel. Curitiba-PR
www.arteeletra.com.br / contato@arteeletra.com.br

Fabiano Vianna

Quem costura quando Mirna costura

exemplar nº 103

Curitiba
2021

à Raquel Deliberali, Walny T. de Marino Vianna,
Daniel Gonçalves, Annie Cantarini, Luiz Felipe
Leprevost, Iq Martins, Antonio Dias, Simon Taylor,
Carlos Machado, Jonatan Silva, Lucas Lunardelli
Vianna e Tibério Fabian Santos.

QUEM COSTURA QUANDO MIRNA COSTURA

CORTES E COSTURAS

(para Tibério Fabian Santos)

Mirna está cortando tecido para costurar um vestido. Quem costura quando Mirna costura? A vitrola ligada. O papel de parede está descascando. Minhas unhas estão pintadas de Havana. Depois da tosse, uma flor no pulmão e o corpo da vó foi parar embaixo das macieiras. A casa é composta de quartos que abrem para outros cômodos. Tudo isso foi desenhado nas rugas de minhas mãos. Ando apoiada numa bengala de madeira. Responde: "O corso de carnaval já vai começar. A Rua XV está tomada de confetes e serpentinas. Ouve as buzinas?" Pela janela, tudo parado. Chego ao último aposento. Sinto cheiro de maçã. O diagrama do molde do vestido é uma planta baixa. Ela pergunta: "O que achou?" Só vejo a barra inferior da roupa. Não há pés sob ela.

O MORTO MAIS BONITO DA CIDADE

Várias pessoas se aglomeram em volta do morto. É um morto lindo. Enorme. Sobre o petit-pavet, em frente ao bondinho. O centro da cidade para. Os bem aventurados que o carregam à loja mais próxima, notam que pesa mais do que qualquer outro morto conhecido. Quase tanto quanto um cavalo. Seu sapato, embolorado, deve medir quase sessenta centímetros. Com dificuldade, depositam-no sobre duas mesas encaixadas. Mais curiosos aproximam-se para ver. Ouço alguém dizer "É um Potypo, daqueles que habitavam a cidade a uns anos atrás.". As mãos, desproporcionais. Ainda é possível se deparar com algumas de suas casas, na beira da linha do trem. Tortas, assimétricas, destelhadas. Os trapos do colosso são de hachura, meias de nanquim solidificado. Pessoas trazem roupas, mas nenhuma serve. Nem as camisas floridas dos mais corpulentos. Nem os vestidos das velhas senhoras. Fascinadas pela beleza do gigante, algumas pessoas decidem costurar sob medida. A loja vira um balé de fitas métricas e linhas pontilhadas. Fios, agulhas. Máquinas trabalhando. Meço as coxas, o comprimento de ombro-a-ombro, a cintura, a panturrilha. Depois corto o molde, em papelão e passo para a facção que se instalou no segundo andar. O Bar Mignon oferece lanches e sinto o cheiro maravilhoso dos pernis-com-verde em bandejas pelo salão. O gerente da Pernambucanas aparece para conferir e diz que contratou alguns repórteres que farão uma matéria. Desenho um esboço do traje, baseado em registros de antigamente. O morto é vestido com um paletó quadriculado, gravata borboleta, calça de prega, camisa branca. E o chapéu – oferecimento da Casa Edith, um "Pork Pie" marrom. Nunca vi um defunto tão elegante. Todos ficam tão emocionados com o resultado que é difícil desapegar do morto. Mas já passa da hora de leva-lo. Do lado de fora da loja, uma multidão aguarda para acompanhar a procissão. Dezenas de mãos são necessárias para carrega-lo, e lentamente o corpo segue em direção à Catedral Metropolitana. Olho para as construções no caminho – lojas de armarinho, papelarias, farmácias, lojas 1,99 e elas, de repente, tornam-se bem pequenas. Alguns arremessam flores e pipocas. O corpo é deixado em frente à igreja. Em seguida todos se afastam. Um silêncio fúnebre domina o centro. Ouço o mascar de chiclé do guri com suspensórios e gibi na mão. Segundos se arrastam. Até que o petit-pavet racha e de uma fissura sai uma cobra enorme. Devora o Potypo em apenas uma abocanhada. A serpente enche o bucho e satisfeita, volta para o buraco, sumindo na escuridão. O povo aplaude e grita: "Salve os Potypos!". Uma verdadeira catarse. A criatura, satisfeita, permanecerá imóvel por mais um tempo. Ufa! E tão cedo não veremos novas rachaduras em nossas lindas e acolhedoras avenidas de petit-pavet.

TORTA DE AMORAS

Dona Alzira pede que eu colha amoras para ela fazer uma torta. Demoro em encontrar a amoreira em meio a tantas árvores no jardim do orfanato. O mato está alto. O tapete de folhas disfarça o silêncio. Uma porta de ferro separa o jardim do pomar. A chave do pomar está no bolso da minha bermuda. Ando com dificuldade entre sapos, cobras e espinhos que cortam a pele. Guio-me pelo caminho de passos formados pelas minhas pegadas na terra. Cimo, o corcunda, é a última criança que ainda mora no orfanato. A presença dele me assombra. Quando éramos pequenos, ele gostava de nos olhar lá do alto, na janela do sótão. Ele usa roupas velhas e se move como um moinho. Dona Alzira não o deixa dormir com a gente por causa dos ataques. De vez em quando o escuto chorar porque gosto de ler até tarde. Tento andar mais rápido porque o sol se põe entre as grandes cerejeiras. A chave do pomar pesa no bolso da minha bermuda. Cimo é rude – certa vez me empurrou contra uma cristaleira. Preciso chegar ao pomar antes dele. Sempre faço o que Dona Alzira me pede. As amoras são a cor da morte. Só eu sei o caminho do pomar. O sangue das frutas escorre pelas minhas mãos. Os galhos me abraçam. Ele não é mais uma criança, e inclusive já têm barba e cabelos brancos. Meus passos são mais pesados que os dele quando piso em poças. Aqui de cima dá para ver a cidade que engoliu a casa. Tudo está mudado, desde o isolamento. Cedros nasceram por detrás dos prédios. As paredes agora são troncos. Não há vidro nas janelas. Gotículas de leite pingam em baldes nos corredores. Eu grito "É para o outro lado idiota!", mas ele nunca aprende. Parece um porco tapado. Por causa da dor nas costas eu quase não consigo ver o céu. "O pomar está bem no centro, basta continuar andando em círculo" – ela diz. A chave cai de meu bolso e some entre as folhas. Minhas costas doem. O nenê já está dando chutes. Ele nascerá com um bruto caroço nas costas. Quando estou deitado nas folhas consigo ver o céu. Ela grita: "Não perca tempo energúmeno, daqui a pouco já é hora do café". Nunca posso descansar. Ela está todo tempo vigiando. De vez em quando me manda podar os arbustos usando uma tesoura. Escorre leite dos galhos. Minhas costas doem por causa dos arbustos. Mas é preciso cortar para escorrer o leite. Ele diz "É por aqui! Quase posso sentir o perfume das frutas doces." O portão foi encoberto por trepadeiras e é difícil de enxergá-lo em meio ao matagal. Salto o muro, tropeço nas raízes e caio sobre um tapete de folhas bem em frente ao pedaço de madeira enterrado onde está escrito: "Aqui jaz Alzira Bettega".

OLHOS DE BOTÃO

Lívia está costurando um botão no olho da boneca. Quem molha as plantas quando o regador se inclina? O ventilador de teto ligado. A cidade vazia. Descalça, sinto a grama no quintal. A vó conversa com as flores. A casa é composta de quartos que se abrem para um imenso peixe. "É preciso mantê-lo sempre úmido", ela diz. O rabo dentro do banheiro. Enxergo mal por causa da miopia, mas seria pior se meus olhos fossem botões. Avisa: "Já é hora da novela. De novo". Pela janela, tudo parado. Nenhuma pessoa carregando sacola ou empurrando uma bicicleta com rodinhas. Alerta laranja. No quintal olho para o céu e vejo o vazio das nuvens entre as copas das árvores. Sinto cheiro de manjericão e alecrim. A boneca, sentada num dos galhos. Ninguém a colocou ali.

A MULHER QUE CHORA

A vó de Beatriz está num caixão no meio da capela do Municipal. Quem é a mulher sentada ao lado do vô? Parentes começam a chegar. São as mesmas pessoas do passado, só que mais velhas. Alguns estão com cabelos mais brancos. Outros, com menos cabelos. Há uma cruz dourada entre a janela e o caixão. Eu já vi isto antes. A mulher sentada ao lado do meu vô é a única que não envelheceu. Continua com o mesmo corte de cabelo. Um lindo broche de libélula segura sua capa cinza. Chora. Sussurra algo. Seus lábios se movem. Canta uma canção, que não consigo ouvir. Mãos enormes fecham o caixão. Depois levantam a vó pelas alças. Beatriz junta-se à mãe, que enxuga as memórias num lenço de pano. Seguimos por ruas e avenidas enevoadas até chegarmos ao túmulo da família, que é cinza, branco e descascado. "Para onde vão as flores, depois que a parede fecha?". O coveiro ergue a porta. Na parede do jazigo, vejo fotografias de todos que foram enterrados ali. Numa delas, a mulher que chora – com a mesma capa cinza, presa pelo broche de libélula.

CAFÉ

FLORES E BRUMAS

Uma mulher usando vestido florido e tênis branco deixa flores no túmulo de um jovem esbelto no cemitério antes de ir ao encontro de seu amante, no centro da cidade. Chega ofegante. Passa batom olhando seu reflexo na vitrine, onde está escrito ÈFAC. O rapaz chega com os olhos embaçados, pedindo desculpas pelo atraso. Oferece um maço de flores. Ela inicialmente se assusta, mas depois aceita. Diz: "Não posso chegar com flores em casa, você sabe." Isto já aconteceu antes. E ele: "Um café com leite por favor." Beijam-se entre pétalas de crisântemos, camuflados em brumas de cappuccinos. O romance dura algumas névoas, até que um deles paga a conta e vai embora. Ela acende um cigarro e some logo depois. No cemitério, livra-se das flores do amante, deixando-as no túmulo de um jovem esbelto, num mausoléu bonito, porém um pouco abandonado, com paredes mofadas e descascadas. As flores dela são as únicas a embelezar um pouco aqueles vasos empoeirados.

Noutro dia, a mulher do vestido florido espera o amante novamente, no mesmo café. Mas não é o rapaz esbelto que chega, e sim o jovem da fotografia fixada na parede do túmulo. A mulher, assustada, afasta-se, encostando o corpo contra a parede. A xícara vira e o líquido cai sobre o ladrilho. Vê-se apenas o reflexo dela na vitrine onde está escrito ÈFAC.

PING-PONG

(para Carlos Machado)

Beatriz procura algo para fazer. Não há carro na garagem. O silêncio cobre de mofo uma velha mesa de ping-pong. "Onde está a redinha?". Lembro de quando passávamos as tardes de domingo jogando. O isolamento traz o tédio e a garagem guarda as memórias. Beatriz tenta se concentrar na b |ping!| alguém corta as folhas dos antúrios no j *TÁK* |pong!| ontem ela comeu um pastel de q |ping!| precisa manter o foco na |pong!| há um homem sentado no sof |ping!| a garagem tem cheiro de mo |pong!| meu vô guardava suas aves empalhadas aq |ping!| a luz entra por uma pequena janela basc |pong!| apenas uma pessoa não consigo ver q |ping!| a TV ligada lá dentro sem ning |pong!| aquilo é um rinoceront |ping!| a tesoura corta o verde *TÁK* |pong!| a madeira rebate a bo |ping!|faltou água em sua casa hoje por causa do racionam |pong!| precisa voltar ao jog |ping!| pensar apenas na bola que vai e |pong!| tentar girar a raquete com efe |ping!| o homem se levanta e caminha em dir |pong!| flores de antúrios caem na calç |ping!| ele usa suspensórios e gravata bor

|pong!| segura um pássaro nas mã |ping!| “Putz, a bola subiu demais!” *PÁF!* >cortada< “Ponto para ele”. >saque< cadê o homem e o pássar |ping!| o sofá está vaz |pong!| penso em desistir da partida e procurar o |ping!| escurece |pong!| eu acho que vai chov |ping!| vejo um vô empalhado em cima de uma estan |pong!| ouço o som das asas do |ping!| uma deles também usa gravata e suspens |pong!| o aparelho de slide liga sozin |ping!| a imagem está desfoc |pong!| corta |ping!| a bolinha cai |pong!| |ping!| |ping!| aperta o botão para focar_téc_ _téc_ _téc_ _téc_

|ping!|

|ping!|

|ping!|

|ping!|

|ping!|

|ping!|

|ping!|

|pin|

|pin|

|pin| |pin| |pi|

|p|

Na parede, a família reunida em volta da mesa. Beatriz reconhece o vô, entre as pessoas que participavam do campeonato de ping-pong. Tia Isaura, Carmela, Lúcio, Frederico... "Não é ping-pong, é tênis de mesa.", ele diz. Ninguém segura a outra raquete.

ROSTOS ESQUECIDOS

ORROCOS. Uma mulher usando vestido florido corre pelas ruas de um cemitério de vasos ocos. Algo a persegue. "É possível ser assombrada por uma fotografia?". Quando nova, costumava brincar entre as lápides. Criava nomes e histórias para os rostos esquecidos nas covas. Dependendo do estilo do bigode, ou do penteado, virava torneiro, padeiro ou escritor. Mas o preferido sempre foi o rapaz esbelto - do mausoléu bonito, onde ela costuma levar flores. No reflexo da santa, se vê – com vestido florido, do lado de fora do sepulcro. Como foi parar lá dentro? "Sinta-se em casa", ele diz. Bate contra o vidro, grita ORROCOS. Ninguém além das flores e a voz. Tenta a maçaneta, mas está trancada. Quebra o vidro com um chute e consegue girar a maçaneta enferrujada pelo lado de fora. Abandona o jazigo como quem escapa de um cativeiro. Uma mulher usando vestido florido corre pelas ruas de um cemitério de vasos ocos. Atravessa a rua entre buzinas. Ainda assim, ouve a voz abafada que grita ORROCOS.

RETRATOS DE LAMBE-LAMBE

O trinco gira e não é ninguém. Leonardo coloca os óculos. Alguém toca o piano sem encostar nas teclas. Levanta-se e caminha até a janela, onde estão as imensas araucárias. Pelo corredor também há uma fila delas. A neblina no lago é o avesso da noite. A música noturna acorda o gato – que mia sonolento. Leonardo põe comida no pote. Sobre a mesa, fotos de pedalinho no Passeio Público, Sete Quedas e viagens para Guaratuba. De repente, cheiro de pipoca e retratos de lambe-lambe. Alguém bate uma chapa e balança o papel para a imagem aparecer. A música faz as fotografias flutuarem. Dependendo da melodia, voam mais alto ou descem, rente ao piso. "É o sorvete da Kibon", diz o piá que carrega o isopor. Chicabon é o que derrete mais fácil. A vó diz: "Chocolate é melhor que fruta." E o corredor é uma passarela de tábuas presa por uma corda. Embaixo, águas violentas. Lagartos descansam sobre os corrimões. Na sala rostos, pássaros e cadeiras dobráveis. O vô puxa a areia com o cabo e alguém diz: "Não precisa guarda-sol à noite." Leonardo está no porão, rodeado de caixas. Dentro de cada caixa, dezenas de slides. Sobe as escadas. A música cessa. Foi o gato que fez as fotografias voarem. Leonardo dorme.

O HELICÓPTERO QUE TROUXE O PAJÉ

Eu e a mãe estamos com Cauã, no quarto número trezentos e trinta e três, no hospital. Há um espírito mau sentado sobre o peito dele – feio e indigesto, nuvem de poeira. O hospital é o mar. Cauã não consegue respirar. Um pajé veio para salvá-lo. O pajé saiu de dentro do helicóptero. O helicóptero é uma águia. O índio bate ervas e folhas dentro de um pote. Depois dá para o guri beber, enquanto caminha ao redor da cama. Quando o peso aumenta, as paredes apertam. Quando o gosto azeda, a mente flutua. Eu, que sempre fui criado livremente, não consigo ficar deitado por tanto tempo. O pajé trouxe um remo. "É preciso navegar, mesmo no escuro." ele diz. Os peixes também estão aqui. Eles deitam o remo na cama e o cobrem com o mesmo lençol. Depois contam algumas histórias submersas que eu não entendo bem. O cheiro dos peixes e da pajelança espalha-se pelos corredores. Tudo é rio e borda. O espírito é uma rocha. É como se eu estivesse preso numa caverna onde vivem os caboclos d´água. A cama é uma ilha. Serpentes gigantes circundam ao redor. Ondas violentas chacoalham a cama. Um lobo faminto arrasta e devora a coisa ruim. Na beira do igarapé, arranca-lhe as estranhas. De manhãzinha é o helicóptero que engole o pajé, quando somos acordados pelo médico. O homem lê a cura no papel da prancheta – que amarela de sol a parede cinza. Sobre o armário de rodinhas, alguns brinquedos que trouxemos: um índio, um lobo e um helicóptero. Ao lado do curumim, o remo – que parece uma hélice, e o pacote de soro – repleto de folhas e ervas. Não sei como elas foram parar ali.

LINEU

Meu vô tinha um amigo muito magro. O nome dele era Lineu. Lineu nunca encontrava roupas do seu tamanho e sempre tinha que ajustar as camisas e fazer buracos a mais nos cintos. Eu ficava impressionado quando o via lá em casa – parecia que ia voar para trás das macieiras. Certa vez, em Guaratuba, ele foi levado junto com os guarda-sóis. Quando faleceu, estava mais magro ainda – meu vô disse. Mandaram fazer um caixão personalizado, bem estreito, na forma de uma maleta de saxofone. E precisou apenas de dois parentes, para colocá-lo dentro do jazigo. Leve como uma pluma. De vez em quando eu ainda o vejo, no quintal. De lado, esconde-se atrás do tronco da amoreira.

VISITA GUIADA

A corretora gira a chave para abrir a casa. Está escuro. O cliente acende uma lanterna para ver os cômodos. As paredes, mofadas. Eu não tomei café da manhã hoje, antes de vir. Tenho esquecido. A madeira range ao pisarmos. A casa é composta por cômodos enormes, que se conectam por uma imensa escada de Jacarandá. Sinto um cheiro nauseante vindo do porão. Aliás este cheiro está por todos os cantos. Há uma velha nos seguindo, e eles parecem não perceber. A mesma velha de anos atrás. Recentemente tive que adotar esta bengala, feita do mesmo material da escada. Não se preocupem se eu ficar para trás. Neste lugar criei meus filhos e netos. A corretora e o cliente avançam até o andar superior, onde ainda descansam brinquedos de outrora, sobre as estantes. Alguns, tomados de teias e pó. Ela diz: "Não abram as cortinas. A claridade faz mal para os meus olhos. Por isso uso estes óculos com lentes escuras." Há uma casa de bonecas no jardim. Réplica da casa maior, igualmente deteriorada. Eu que a construí para as crianças brincarem. Vejo o pé de uma menina dentro da casinha. "Vê o sapato de verniz?", o cliente pergunta. A corretora vai até a janela e só vê a diminuta mansão – com a janelinha batendo sem vento algum.

CAÇA-PALAVRAS

Sem ninguém saber, na parca luz de um lampião clandestino no quarto, Gabriel move as peças do caça-palavras para criar as frases. A história se forma sobre o diagrama dos dias – quadriculados. O lampião ilumina o tabuleiro, enquanto todos dormem. Na quina do quarto, uma linda mulher negra, com roupas de linho e maquiagem dourada aguarda a montagem e previne: "Sem história, não há despertar". O guri, meio acordado, meio em vigília, esculpe as histórias. Lembranças de vô, sereias, índios, espelhos... A cada noite lhe oferece algo, para que o ouro escoe e o sonho venha. Todas as manhãs, a mãe depara-se com um novo texto, configurado pelas peças do jogo e um punhado de areia no chão. Um dia resolve perguntar: "Está escrevendo um livro?". E Gabriel diz que este livro já foi escrito por uma mulher do oriente, e que |agora| ele apenas o continua, por se tratar de um livro eterno e muito antigo. Iniciado há mil e uma noites atrás.

AS INVENÇÕES DO TIO FELICE

Tio Felice está cortando a madeira para esculpir um lambrequim. A garagem lotada de cacarecos. Quatro horas e – a porta do cuco abre sem o pássaro. Pergunto para ele onde foi parar a ave e ele diz que talvez tenha se perdido em algum lugar do tempo.
Eu lembro quando era aniversário dele e da tia Lola – o pote sempre lotado de balas Xaxá. De hora em hora, o cuco marcava as horas. Nós sabíamos que quando ele cantasse oito vezes, era hora de ir embora.
Hoje em dia meu tio usa boné de lã para esquentar a cabeça. Desde que a Lola partiu, divide as horas entre a marcenaria e as palavras cruzadas. Ele me diz: "Talvez eu tenha uma bengala de Preto Velho aqui. Veja quantos modelos diferentes de lambrequins dá para fazer". A coleção alinha os pregos e os cachimbos enquadram o mapa.
Pilhas e mais pilhas de revistas seguram as recordações. Sofás esquecidos, cadeiras pernetas, carcaças de rádios. Há todo tipo de invenção em madeira. As ideias saem de dentro do chapéu. Teve uma época que ele acumu-

lou tanta coisa, teve que emprestar a garagem do vizinho para estacionar sua Romiseta. Mas aí eu o ajudei a abrir espaço novamente. Instalamos novas estantes e jogamos algumas coisas fora. Eu acho que meu tio é meio acumulador, sabe? Ele guarda milhares de coisas achando que um dia vai precisar.

Não sobrou nenhum gato da tia Lola. Alguns faleceram e outros desapareceram para nunca mais voltar. Naquela época era uma festa. Várias raças e cores de pelagens. Angorás, persas, siameses. Eu adorava persegui-los pelo jardim, silenciosamente. Sempre achei que guardavam segredos.

As prateleiras continuam repletas de brinquedos – caminhões, piões, barcos, jangadas, índios, Preto Velhos, sereias. Pelas paredes, nacos de madeira abandonados, encaixilham o momento. Tem também um gato de madeira, construído pelo tio, que mia quadrado. Talvez ele tenha comido o cuco. Mas isso entra uma seara de investigações de madeira. O gato se chama Jatobá. Suspeito de madeira. A história da casa sempre esteve muito ligada aos gatos. É por isso que as únicas balas que Felice compra são as Xaxá – com um desenho de gato na embalagem. Baunilha e banana. Não sei dizer qual é a minha preferida. As duas são boas e eu alterno entre uma e outra na boca.

Gatos e gatos. Cucos e lambrequins.
Uma vez Felice construiu um robô. Ele movia com engrenagens e alimentado por bateria. Foi a primeira vez que eu vi um androide. Imagine o que é isso para uma criança que cresceu assistindo Star Wars. Eu não via a hora que minha mãe me deixasse na casa dele, onde eu passava o dia ajudando nas invenções. O robô era muito legal – me ajudava a colocar comida para os gatos, alpiste nas gaiolas, jogávamos cartas e enfrentávamos batalhas intergalácticas no quintal – contra os protótipos dos primeiros robôs que meu tio construiu. A melhor versão destes robôs é a que faz companhia a ele até hoje. Ele é tipo o "Nexus" do tio Felice. Nós o demos o nome de Frederico.
Às vezes, quando passo na rua vejo o vulto de meu tio na janela, fico em dúvida se é ele ou o Frederico. Inclusive os dois usam chapéus de lã.
Incrível como os dois ficaram parecidos com o tempo. Frederico passou a usar as roupas do meu tio e Felice foi fazendo modificações nele. A cada ano que sua barriga crescia, ele aumentava também a barriga do androide. Passou a andar um pouco mais curvado e mudou a pele dele – para um material que se assemelha muito com a pele humana. Hoje em dia confesso que

chego a me confundir, quem é um e quem é o outro. Nos beirais da casa, ele instalou diversos lambrequins. Mas não são como as casas normais, nas quais todos os lambrequins são iguais. Na dele, cada um é de um jeito. Flor de lótus, lança, flores. É como se a casa fosse um portifólio. Quando o cliente chega, diz: eu quero um daquele ali. Entende? Tio Felice é muito esperto.
Ele diz que acende o cachimbo para que a fumaça o ajude a pensar. Para mim já é um aroma natural. A baunilha é que abalizava as horas. Parece que eu ainda o escuto falando "E aquele abraçoooo?" – assim mesmo, esticando o "o" no final. De vez em quando ele me pedia ajuda nas perguntas das palavras cruzadas: "Suporte do santo durante a procissão" "A parte gordurosa do leite" "Pai do pai" "Corte ideal para o bife à milanesa". Aliás os almoços na casa deles sempre foram fartos. Macarrão a bolonhesa, carnes de panela, polenta – cardápio típico italiano. Depois, minha mãe, os primos e as tias embrenhavam-se em jogos de cacheta valendo alguns cruzeiros. Minha madrinha Liete, irmã da tia Neide, também estava sempre por lá. E o robô jogava também, acredita? Meu tio ensinou a ele todas as regras e Frede aprendeu muito bem. O cérebro dele é tão evoluído que ele sabe até fingir que está com uma carta

boa nas mãos. Tia Neide anotava os pontos e distribuía as fichas. A pessoa de signo Áries é sempre a mais organizada! Heheh. Todos levavam muito a sério e as partidas eram entrecortadas pelos apitos do cuco, que de hora em hora dava o aval sobre a mesona. Tá vendo? Por isso que o cuco deve ser encontrado. Se foi comido pelo gato, talvez ainda esteja dentro dele. Madeira não dissolve tão fácil e o estomago do Jatobá não produz sucos gástricos para dissolve-lo. É preciso devolver o cuco às horas. Quem sabe seja por isso que, agora, tio Felice passe as noites na garagem, sem dormir. Batendo com a cara na mesa.

Quando passo na rua à noite, vejo a luz acesa, e quando não é o Frede que passa, é o próprio Felice, subindo a escada para pegar um café na cozinha, ou acendendo o cachimbo na sacada em frente à rua. Ainda bem que ele tem o androide, para não precisar subir os dois lances de escada toda vez.

Na escada externa, tem a estátua de leão de pedra. Mais um ícone representante dos felinos. Desde pequeno eu gostava de montar dele, comprimindo meu pé contra a parede ao lado. A sensação era muito boa, porque o leão era do tamanho real. Eu sentia realmente sentando numa fera. Piá de prédio, né? Era o máximo que eu iria me aproximar de um leão na vida. O problema é que com o tempo, meu pé e minha perna foram crescendo, e na última vez que eu sentei, quase fiquei preso. Foi angustiante. Hoje me contento em admirá-lo, imponente, cuidando do pátio externo.

Olhando bem para a casa, dá para ver uma coisa: um dos lambrequins do portifólio, caiu. Ou foi roubado. Putz! Mais um crime a ser investigado. O cuco e o lambrequim. Ambas investigações no ramo das investigações de madeira, que eu comentei antes. Será que existe um tipo de detetive próprio para investigações de madeira? Preciso pesquisar isso no Google. No Google tem tudo. Resta saber se este tipo de detetive já possui algum representante em Curitiba. Se não existir, alguém deveria inventar. Urgente.

Não é sempre que minha mãe passava o domingo por lá. De vez em quando ela e a tia Neide levavam a tia Alda para se encontrar com o Rui, na Praça Ouvidor Pardinho. Naquela época a Praça ainda possuía piscina pública e eles iam com maiôs e sungas por baixo da roupa para mergulhar escondidos. Voltavam com os cabelos todos molhados e a tia Lola – brava, perguntava o porquê, e elas diziam que choveu embaixo de uma única nuvem, na praça.

Era muito bom brincar naquela praça. Os brinquedos eram enormes, com túneis, escadas e cordas para se pendurar. De vez em quando, quando ficava sozinho em casa com o tio, íamos nós dois e Frederico para brincar nas gangorras. Os vizinhos sempre ficavam admirados. Tiravam fotos, queriam ver de perto. Mas também tinham crianças que choravam de medo. Eu gostava de assustá-las dizendo que meu pai estava aprisionado dentro dele. Kkkk Mas era mentira. Só para vê-las chorando e correndo contar para seus pais do outro lado do parquinho.
Meu tio Felice era um construtor dos bons. Sempre tinha uma fila de objetos dos amigos e vizinhos para ele consertar: cabos de panelas, chaleiras, tomadas, lanternas, rádios, lampiões. Certa vez ele consertou até um submarino caseiro, que um senhor usava para os netos brincarem na piscina atrás da casa. E numa outra vez ele ajudou um outro amigo a construiu uma teco-teco em forma de gralha azul, mas que nunca saiu do chão. Ainda bem!
Sinto que agora é minha missão ajuda-lo a encontrar o cuco. Não suporto mais vê-lo com a cabeça rente à mesa, dormindo sentado, na marcenaria. Ou meio zumbi, com sono – durante o dia, porque dormiu mal.

Compartilho com ele a minha suspeita com relação ao Jatobá e ele aceita fazermos uma pequena cirurgia na barriga do gatuno. Nosso querido amigo robô não gosta muito da ideia e diz que enquanto estivermos no procedimento, ele ficará no quintal. Eu digo "Combinado, Frederico. Assim que terminarmos, eu te chamo." Assim que o androide fecha a porta e sobe as escadas, meu tio começa a serrar a barriga do bicho. Aos poucos a madeira dura e espessa se abre, revelando alguns objetos. Entre eles um carretel de costuras da tia Lola, um estojo de metal para percevejos, um caixa de fósforos Pinheiro, uma carta de baralho (procuramos muito este Ás de paus!), o lambrequim perdido (da fachada da casa) e enfim – o cuco! Uhhu! Os dentes libertam a ave. Estava mesmo lá! Comemoramos nos abraçando. Por sorte não acontece nada de mal ao gato também. Felice simplesmente o conserta, substituindo toda a peça da barriga. Subimos a escada já gritando para Frederico: "Deu certo! Eles estão bem! Encontramos o cuco! E também o lambrequim." Jatobá chega logo depois. Felizaço, Frede nos acompanha até sala, onde recolocamos a ave dentro do relógio. O tio dá uma pregada na base ao altarzinho. Feito crianças, sentamos na poltrona em frente, comendo balas Xaxá, esperando às quatro horas. Frederico tosse. Quando o ponteiro pequeno chega no quatro, o pássaro canta: Cuco! Cuco! Cuco! Cuco! Jatobá disfarça, e as horas voltam a fazer sentido na casa deles.

O CHEIRO DO MOFO

A menina dorme no quarto que não é dela. O cheiro do mofo é quadriculado dentro das cobertas. O vazio da ausência escurece as pálpebras. É possível ver a rua e os carros pelas luzes no teto. Um ou dois caminhões pulverizam a madrugada. "Onde o tio foi morar agora?". Ninguém responde. Os brinquedos ainda na estante. Um tabuleiro de gamão que nunca aprendeu a jogar. Alguém, insone, caminha no corredor, acessando cômodos vazios. Não há paredes na parte de dentro. Se acende o abajur – quantas silhuetas! A noite é o oposto do café da tarde. O sabor do chocolate amargo ainda está na boca. "O que é aquilo que a vó bebe escondido na prateleira do armário?". Eles gostavam muito de viajar. Uma vez fomos juntos para a Bahia, quando eu tive que trazer um coral escondido dentro da mochila. Foi a primeira vez que eu comi caju. Agora, ninguém viaja. A não ser o tio, que viajou permanentemente para outro lugar. Todas as outras cidades são diferentes daqui. A maioria são quentes e não possuem casas com lambrequins. A noite será uma noite longa. As ruas entram pela boca quando ela respira. A lembrança do incidente ainda é recente. A águia tatuada num dos braços. Eu acho que logo deve chover. Sempre que alguém morre, ela dorme ali. Sempre que alguém morre, ela sente o cheiro do mofo quadriculado. No armário – apostilas corroídas, gibis velhos, caixas de jogos de videogame, revistas de moto. Alguém mexe no trinco da porta. Ela se levanta e confere – ninguém do outro lado. Caminha, insone, pelo corredor do apartamento. Na sala, o imenso coral que veio da Bahia, iluminado pelas luzes dos carros. Brilha de uma forma diferente – como se tivesse sido pichado com tinta prateada. As lembranças do tio não são suficientes para o resto dos anos que ela deseja viver.

OS INTRUSOS

Os olhos de Francisca fazem o céu se abrir numa fresta de fogo. Os trovões apagam o lampião e calam o rádio. "É preciso esquentar mais água para café". Quem já não se pegou imaginando silhuetas quando a luz apaga? "Fique mais um pouco" – pede à amiga. É na escuridão que os afetos persistem. Sob o signo da bruma da amizade e do café. A casa é frágil, mas as portas estão cerradas. Algo espreita do outro lado da brenha. "Consegue ver? Depois da pitangueira. Um homem. Ou não – apenas delírio de trovoada." De repente, barulhos de móveis sendo arrastados. Logo vai chover. Respiração pesada. Blam! "O que essas pessoas estão fazendo aqui dentro? Mais um raio – ilumina o rosto de uma jovem menina, sentada no sofá. O sujeito barbudo fecha as vidraças. A mulher de cabelos ondulados recolhe as roupas do varal. Caixas e mais caixas empilham-se na sala. Francisca pergunta para a amiga: "E se os intrusos somos nós?"

O LÍQUIDO QUE TRANSBORDA

Ela está nua penteando os cabelos em frente ao espelho. A pele clara contrasta a escuridão de seus pelos. E ele, enquanto contempla a cena, tenta escrever mais uma linha de seu último conto. Não é fácil unir tantas histórias que façam sentido. Está usando gravata borboleta e camisa quadriculada perto da janela. Enquanto escreve, lembra-se de um quebra-cabeça da sua infância – com imagens de ambos os lados. Um deles formava um mapa-múndi, o outro um rosto de mulher. As paredes estão mofadas. A roupa fede embolorada. Umidade toma conta de tudo. O suor derrete as palavras. Ela está sentada sobre uma pilha de livros. Deixou a torneira da banheira ligada com o ralo tampado. O líquido transbordou e a sala é um lago. Ele percebe que se seu sapato de couro marrom está totalmente encharcado e que a água já chega ao calcanhar. Na parede oposta à penteadeira, tem uma estante de ferro cheia de potes com formol. Fetos boiam na coisa amarela. O líquido destrói as páginas dos livros de baixo da pilha onde ela está sentada. Um rosto observa no reflexo do espelho. O mesmo homem da semana passada. Ela parece não ligar para o líquido que transborda nem para o barbudo camuflado. Apenas continua a pentear a longa cabeleira. Não sei quanto tempo faz que ela não se depila. Os pelos são uma floresta negra. O mofo arde em seus olhos. Não consegue escrever. As memórias boiam sobre o lago pútrido. Anda até o banheiro. Os pés mergulham na incerteza de seus passos. A água que vaza está suja de lama. Caminha com dificuldade. O outro está atrás da porta. Mas não consegue puxá-la por causa do volume de água. Ouve a respiração ofegante ali. Envelheceu bastante desde a última vez que se olhou no espelho. A barba está enorme. Os cabelos não param de crescer e a água não cessa. A torneira da pia também transborda. Fetos boiam no líquido amarelo. Escorrem pelas prateleiras da estante de ferro. Outras coisas também sobrenadam em formol: fotografias, bichos de pelúcia, livros, revistas de fotonovelas, passaportes. O cheiro putrefato faz chorar. Seus pés são duas rochas milenares. A camisa está mofada. Abre um pouco a janela do duto para respirar. Chega na banheira e puxa o tampão. Enquanto a aguaceira se esvai, fecha a pia. Não consegue pensar num final para o conto. Centenas de papéis amassados entopem o lixo. Ele não está mais atrás da porta. Volta até a sala. Continua sentada na mesma posição, em frente à penteadeira. Está morta. É ele quem penteia sua vasta cabeleira, que não para de crescer.

ANA E O ESPELHO

Às vezes o espelho aumenta o valor das coisas, às vezes anula. Nem tudo o que parece valer acima do espelho resiste a si próprio refletido no espelho. As duas cidades gêmeas não são iguais, porque nada do que acontece em uma é simétrico: para cada face ou gesto, há uma face ou gesto correspondido invertido ponto por ponto no espelho."

Italo Calvino

Ana encontra o espelho de sua bisavó no sótão. O espelho parece uma porta. É difícil de respirar, por causa das caixas. Esqueletos abandonados expulsam os pássaros. Há um furo no telhado e telhas caídas sobre o assoalho. Os galhos da amoreira bicam a janela do ático. Não há ninguém além dela, e da outra, no sótão. Ela diz que este espelho é de uma época diferente, de quando os espelhos não eram incomunicantes.
Pássaros empalhados lotam a estante, ao lado de serpentes em vidros de formol. Ana gosta de dar nomes para as cobras nos frascos – Zulmira, Lindóia, Helena, Cassandra.
Seu bisavô era taxidermista. Cabeças de bichos empalhados adornam as paredes. Cervos, alces e onças. Sobre as es-

tantes empoeiradas, há garças, cegonhas, cotias, tatus e pelicanos. Algumas de suas ferramentas de taxidermia ainda estão por lá, em gavetas emperradas. Arames, linhas, agulhas, recipientes com formol, algodão, sacolas de plástico.
Uma vez ouviu a mãe dela dizendo que a taxidermia é uma maneira de enganar a morte.

Desde que começou a quarentena, Ana não falou mais com suas amigas da escola. No sótão, imagina que as serpentes são suas amigas. E os bichos empalhados também.
Sente falta das conversas e dos fervos nas casas delas. Quando faziam festa do pijama e passavam a noite toda acordadas vendo filme e comendo pipocas. Agora, tem vezes que passa o dia todo de pijama.

Nem o *Tik-Tok* têm a mesma graça.
Ana sente-se segura vendo a cidade de cima.
O teto é baixo e inclinado. Um crânio segura a porta para não bater com o vento.
Ana caminha sobre o assoalho carcomido, fazendo a madeira sussurrar. A sola de seu sapato alisa o mofo.
Num dos cantos do cômodo estão as lembranças de seu tio Otto que não chegou à idade adulta – carrinhos de ferro, bola de couro, bonecos de pano, peão. Às vezes ela tem a impressão que os brinquedos se movem sozinhos na escuridão. Ela não sabe ao certo o que aconteceu, mas parece que o menino foi atropelado por um bonde elétrico.
Não entende porque sua mãe não se desfaz destas tranqueiras. É como se, um dia fosse encontrar seu tio-menino empalhado ali, junto aos animais do sótão.
Ana nunca andou num bonde elétrico. A única vez que entrou em um, foi na Rua XV de Novembro, no Bondinho da Leitura onde os pais levam os filhos para ler e desenhar. Mas este bonde não se move. Não, ao menos, no mundo real. Na imaginação, sobrevoa os prédios, enquanto todos dormem.
Curitiba está muito mais quieta do que antigamente. O silêncio é bom para desenhar. Às vezes desenha as serpentes. Possui vários cadernos com retratos destes e

outros animais. Depois prende com grampos num varal improvisado. Às vezes também deixa apenas a mão deslizar sobre o papel, e é guiada por alguma coisa – cria formas inusitadas, rostos, pessoas, lugares. Certas noites é o menino que desenha.

Para passar o tempo, de vez em quando desenha partes da casa, como a lavanderia, o piano, o aquecedor de gás. Ana costuma colocar um cobertor de lã sobre o espelho enquanto está no sótão, para que o reflexo da outra menina não a observe o tempo todo. Ela sabe que isso a deixa bem irritada.

Gosta de olhar pela janela e contemplar o jardim, dominado por imensas árvores – jacarandás, macieiras, amoreiras, eucaliptos, tipuanas, araucárias. A mata é calma vista de cima. Quase não ouve o farfalhar dos pássaros nos viveiros. Quando está lá embaixo e olha para o ático, tem impressão de ver um garoto na janela. Uma sombra se move entre as caixas. A outra menina, no espelho, parece acompanhar com o olhar.

A outra sabe quem ele é.

O sótão é um lugar frio, por causa do buraco.

À noite o orvalho lambe as tábuas e o breu engole a casa de cima para baixo.

Outros pássaros entram e fazem companhia aos empalhados.
De vez em quando Ana anda num triciclo que pertenceu ao menino. Roda em volta dos pedaços de telhas, sob a luz do buraco desenhado pelo sol.
Às vezes também cria peças de teatro imaginárias, onde os animais empalhados são atores. Veste-os com suéteres, cachecóis, chapéus. As serpentes também participam. Encenam histórias, como se existisse plateia.
Da janela dá para ver alguns prédios do Centro Cívico e uma parte das árvores do Passeio Público.
Tem noites que acaba dormindo sobre o assoalho. Então sua mãe a leva no colo e ela acorda na sua cama, sem saber como foi parar lá.
De repente escuta um assovio de música. Parece um samba bem antigo e animado que ouvia, de vez em quando, sua mãe cantar. O som vem do espelho, embaixo do cobertor.
Quando tira a manta, vê que é a outra menina que o assovia.
A convida para entrar, diz que vai ter uma festa.
Ana diz que não, mas ela o puxa pelo braço.
Quando atravessa, se vê do outro lado, vendo.
Os bandolins e clarinetes vibram no ritmo do assoalho.
As notas atravessam os vazios dos pergolados.
Ela não está mais no velho sótão de sua casa. Não há mais a amoreira bicando a janela, nem crânios, nem caixas. O sótão

está limpo e não há buraco no telhado, nem telhas no chão.
A casa está cheia de convidados.
"Tico-tico no Fubá" reverbera na madeira dos degraus:

O tico-tico tá
Tá outra vez aqui
O tico-tico tá comendo meu fubá
O tico-tico tem, tem que se alimentar
Que vá comer umas minhocas no pomar

Ó por favor, tire esse bicho do celeiro
Porque ele acaba comendo o fubá inteiro
Tira esse tico de cá, de cima do meu fubá
Tem tanta coisa que ele pode pinicar
Eu já fiz tudo para ver se conseguia
Botei alpiste para ver se ele comia
Botei um gato, um espantalho e alçapão
Mas ele acha que fubá é que é boa alimentação

Ana começa inevitavelmente a dançar. Também a outra, do espelho.
As ripas movem-se sob seus pés.
Um menino com cara de caveira e roupas engraçadas chama para ver a fanfarra.
Ana inicialmente se assusta.

Se parece muito com o menino que aparece na janela do ático, quando ela olha do jardim, só que diferente.
Os suspensórios seguram o menino de bermuda marrom.
Descem juntos.
A escada parece viva.
Os corrimões se movem como se fossem serpentes.
Na medida em que se aproximam do primeiro andar, o som da cantaria fica mais alto.
A banda é composta por esqueletos.
Algumas feições se parecem com as pessoas que Ana viu nos álbuns de retratos de sua mãe. Dançam e requebram-se no ritmo frenético do conjunto. Arremessam seus braços e depois pegam de volta. Assopram com muita vitalidade os instrumentos – clarinetes, saxofone. Balançam as mãos no bandolim e contrabaixo. O baterista usa dois fêmures para tocar.

Outros empenham-se em servir os drinks e trocar as porções de sanduíchezinhos nas mesas.
São roupas com figuras antigas – vestidos longos, luvas, chapéus de festa.
A bisavó apresenta-a para os parentes, enquanto serve refresco e salgadinhos. Nino – seu bisavô, mostra os dentes num portentoso charuto na boca. Em seguida bafora uma espessa risada com nuvem. Depois ajeita a gola de sua gravata borboleta. Seus avós, Chico e Lola estão bem novos, quase da mesma idade que sua mãe.

* * *

Ana e o menino de roupas engraçadas vão brincar lá fora. Ele mostra as serpentes que enfeitam os troncos das árvores. Se aproximam com cuidado.
As cobras são árvores sem folhas. Alongam os caules noturnos. Seus olhos são pontos de luz de lanterna com a pilha fraca. São luzes de *walk-talks* ligados sem ninguém falar câmbio.
O menino diz que costuma dar nomes a elas.
Encontram a amoreira, ainda pequena, recém-plantada, que ainda não bica a janela do ático.
Há todo tipo de insetos. Besouros maiores que abacates.
Os vagalumes são espécies de luzes nômades.

O menino corre até a senda e traz potes de vagalumes repletos de vidro para Ana ver.
E ela diz: "Que legal, você capturou a noite!"
Eles pegam outros frascos vazios e apanham mais.
Desviando das cobras que não são árvores.
Capturam mais e mais noites até não ter mais breu para agarrar com vagalumes.
Seus pés viram raízes na terra úmida e tem dificuldade em andar, arrancando com força, rompendo-as.
O escuro abraça forte e sussurra novas brincadeiras.
Ele finge ser um fantasma, com um lençol na cabeça e ela finge ser a menina que se assusta ao vê-lo na janela do ático.
Depois escondem-se debaixo de folhagens gigantes.
Algumas folhas se parecem com bichos – cavalos, borboletas, camaleões. E alguns camaleões se parecem com folhas.

* * *

Quando a festa termina e os convidados vão embora, Ana diz que precisa voltar para o espelho, mas seus bisos e avós a convencem a ficar mais alguns dias porque o círculo não é redondo.
Levam-na até um dos aposentos.

Lola dá um pijama com bolso, para ela vestir.
Ana nunca tinha vestido um pijama com bolso e com tecido da camisa igual ao da calça.
Tenta encontrar uma utilidade para o bolso de pijama, mas não consegue imaginar nenhuma.
À noite, enquanto todos dormem, sobe escondida até o sótão.
A escada move-se como uma serpente e as paredes parecem troncos.
É difícil se manter reta e equilibrada. É como se a escada não quisesse deixar que ela chegasse lá em cima.
Arremessa-a degraus para baixo, cai e se levanta. Pula vários degraus, tipo jogo de tabuleiro.
O cheiro do sótão não é o mesmo e o espelho não está mais lá.
A porta se fechou porque o círculo não é redondo.
Lola ou Nino devem ter guardado em outro lugar.
O sótão diminui, movendo as paredes.
Ana chora com saudade do outro lado e acaba acordando o menino das roupas engraçadas que dorme ali.
"Porque está chorando?" – ele pergunta.
O guri usa um pijama parecido com o dela, só que a estampa é mais engraçada.
"Estou com saudade do outro lado" – ela responde.
Ele conta "Sabe, antes de você me acordar eu sonhava

que uma serpente gigante vivia no subterrâneo da cidade. Sua cabeça estava embaixo da Catedral e o corpo se estendia por toda Rua XV."

"Nossa, que legal, talvez ela seja a mãe de todas as outras serpentes."

Para não causar alarde, eles ligam um abajur e começam a desenhar esta história. Sussurram para que as serpentes não ouçam. Para que a grande serpente não se mova.

Depois o menino sugere que ela durma ali, na outra cama, onde sua mãe Lola dorme de vez em quando. Principalmente quando ele está com medo dos fantasmas, que volte e meia o observam do jardim. Ou no reflexo das cristaleiras.

* * *

Noutro dia, são acordados para o café, pelo vô Chico.

Lola ajuda a se vestirem mais rápido.

Lá embaixo, encontram os outros muito animados.

Na vitrola, toca um samba do Cartola:

A sorrir
Eu pretendo levar a vida
Pois chorando

Eu vi a mocidade
Perdida

Finda a tempestade
O sol nascerá
Finda esta saudade
Hei de ter outro alguém para amar

A sorrir
Eu pretendo levar a vida
Pois chorando
Eu vi a mocidade
Perdida

Na extensa mesa de jacarandá, servem frutas e pães uns para os outros.
Sucos variados colorem a mesa.
Passam manteiga no ritmo da música.
Conversam sem ressaca.
Bebem cafés em grandes bocarras.
Fazem malabarismos com xícaras cheias.
Bebem samba e comem estrofes.
Elas dizem "Se aprontem logo, não podemos perder o dirigível passar!"
Será um evento único.

O Zeppelin Hinderburg, que saiu mês passado de Frankfurt e passou por Sevilha, depois Recife, Rio de Janeiro até chegar finalmente aqui. Tem mais de duzentos metros de comprimento.
É preciso vestir as melhores roupas para ir vê-lo.
Às nove e meia chegam os alfaiates para ajuda-los com os trajes. Costuram os vestidos, fazem as barras, ajeitam os paletós.
Nino separa sua melhor cartola. Passa pano e lustra ela. A última vez que usou foi quando foi ver o presidente Getúlio Vargas acenar da janela do Brás Hotel.
Lola ajuda Ana a se vestir, com um lindo vestido cor de salmão e um chapéu com flor. Prende um estiloso broxe de uma gralha-azul com pinhão no bico em sua lapela.
Metade da família entra no carro do Nino e outra metade com a Lola.
Munidos de caixas de piquenique e binóculos. Clarinetes e violas.
Atravessam todo o bosque, até que chegam na rua onde disputam o fluxo com os bondes elétricos.
Vô Chico, toca o clarinete no caminho.
No centro da cidade, uma aglomeração de pessoas arrumadas. Com relógios nas mãos, olham para o céu.
Ana e os outros estacionam na Praça Tiradentes, bem de frente à Catedral.

É a mesma cidade que Ana conheceu, só que diferente. As ruas estão mais largas e têm os bondes elétricos. A praça parece muito mais vazia, por causa das árvores recém plantadas. Não há tantos prédios em volta. É possível ver longe, por cima dos telhados das casas.
O ar está puro e cristalino. Como é bom respirar fora da casa. Fora de qualquer isolamento. Estar perto das pessoas, no meio de uma multidão.
O dirigível está próximo, diz alguém ao lado.
O famoso Hinderburg, alemão!

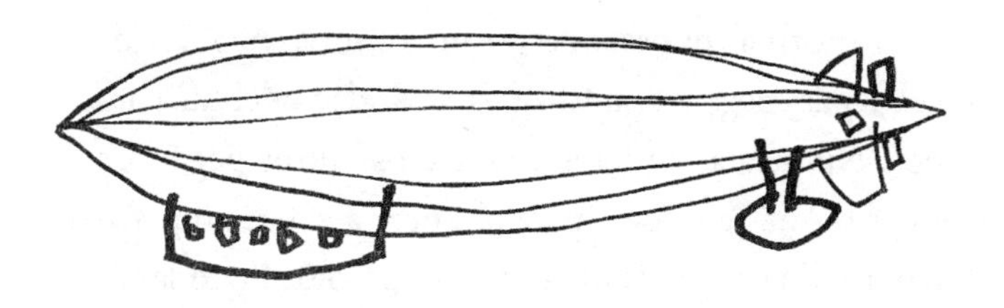

E outro: "Ele é do tamanho do Titanic!"
Sua sombra escurece a praça.
Todos gritam "Oh, como é grande!".
Parece um cachalote.
Por um instante Ana imagina se as baleias voassem. Seria como estar na cidade vendo muitos dirigíveis no céu.

O som de suas turbinas ofusca qualquer tentativa de samba.
Os instrumentos calam. As maçãs caem no chão.
O grandalhão quase encosta numa das antenas da igreja.
Mais bonito que uma nuvem.
Arrasta os ponteiros dos relógios da Catedral.
Durante meia hora a cidade para.
Lola descuida e não vê que o menino de roupas engraçadas vai até o meio da rua. Alguém grita: "Otto, cuidado!", mas ele não consegue desviar e é atropelado por um bonde. Seus ossos voam em câmera lenta durante o tempo que o dirigível está no céu. Assim que o leviatã desaparece por trás dos pinheiros, e a velocidade do mundo volta ao normal, os ossos do garoto tocam o chão. Todos correm para pegá-los, antes que a multidão os chute para longe. Nino cata um fêmur, Lola e os outros pegam as roupas e Ana se esforça para alcançar a cabeça que rolou perto do tronco de uma araucária. Colocam todas as partes do menino numa caixa e o menino grita, mesmo desmembrado: Uau! O Hinderburg é grande mesmo!
Voltam em uma carreata até em casa e Ana leva a caixa com as partes do menino Otto, em seu colo.
O carro trepida e a caixa balança.
O menino canta.
Os casarões da João Gualberto somem e aparecem nas janelas.

As nuvens furam os pinheiros.
Os fios dos bondes costuram uma blusa para o inverno que chegará logo.
"Ano passado nevou", diz o Vô Chico.
Bisa prepara o almoço, enquanto Lola monta o garoto.
Liberta as batatas das cascas e cozinha a carne.
O cheiro da comida, aos poucos invade todos os cômodos.
De repente, Otto está de volta, com as mesmas roupas engraçadas de antes, girando a sala no seu triciclo.
Noutro dia, vão até o centro da cidade.
No Largo da Ordem foi construído um bebedouro para os cavalos das carroças e charretes que chegam de todos os lados.
Veículos de italianos, poloneses, alemães trazem todo tipo de hortifruti granjeiros – queijos, salame, frutas e legumes.
Algumas pessoas – conhecidas como Potypos, são maiores do que as outras.
Ana fica impressionada com o tamanho e o Vô Chico diz que ninguém sabe muito sobre eles.
São como os ciganos. Chegaram de repente, vindo de outras cidades.
Moram na região da Água Verde e Alto da Glória – um tanto afastados do centro e dos trajetos dos bon-

des. Trabalham ajudando os pedreiros nas construções. Suas estaturas enormes e mãos amplas os privilegiavam no transporte de pedras e vigas. São pessoas de poucas palavras, com rostos expressivos. Chegam a quase três metros de altura. Narigudos, vestem-se com trapos de hachura. Alguns possuem os traços mais finos que os galhos das begônias. Outros, espessos pedaços de carvão.

Quando uma carroça quebra a roda, os Potypos se oferecem para ajudar. Dois ou três levantam o veículo, enquanto outros consertam.

Alguns dizem que eram vikings e vieram da Nova Zelândia. Que comem carne de javali e bebem sangue de bode. Certa vez um deles, na beira do rio Barigui, quebrou um cabrito ao meio usando apenas as mãos. Um ser humano normal não é capaz de uma coisa dessas.

A casa de um Potypo é bem estranha. Os móveis são maiores, como se fossem especialmente fabricados. As mesas pregadas de maneira tosca. Os tamanhos, proporcionais a eles. Percebe-se a diferença principalmente na escada, pois tem que se fazer um esforço grande para subir os degraus.

Uma costureira da Roskamp disse que todas as peças tem de ser exclusivas, e os braços chegavam a medir cento e vinte centímetros.

No dia da construção da Praça Osório, enquanto os jardineiros da prefeitura aravam a terra dos canteiros, os Potypos seguravam e implantavam as pequenas árvores. Hoje em dia elas já estão enormes e quase não dá para perceber o desenho geométrico dos petit-pavets. O repuxo era abaixo do nível do solo. Apenas vinte anos depois que foi instalado o coreto e o relógio. Os Potypos ajudaram a carregar os ripamentos e os caibros. Mas o relógio nunca chegou a funcionar.

Numa das enchentes da Avenida Barão do Rio Branco, muitos deles ajudaram a desencalhar os bondes. A rua virou um lamaçal. Munidos de cordas e correntes muito grossas, os gigantes tiraram os veículos do lodo.

Ajudavam a carregar as crianças. Seus corpos eram tão pesados que a correnteza não os arrastava. A Praça Zacarias ficou completamente alagada. A lama invadiu até mesmo a casa dos maçons.

* * *

A Casa Roskamp é o mundo dos tecidos.
Há todo tipo de tecidos – linho, seda, algodão.
São cortados, enrolados, levados em baixo dos muitos braços.
Formam mosaicos de histórias.
São carregados nos bondes.
Existe no centro da loja, uma boca de onde saem os tecidos, onde os operários retiram e dobram.
Armários são alimentados de bobinas e os tecidos movem-se como água.
Um setor importante da Casa Roskamp é a sala das caldeiras.
As caldeiras incentivam as máquinas.
A madeira acalma o fogo, que alimenta a boca de onde saem os tecidos.
Alguns operários cuidam dos registros de calor, cuidam para que os ponteiros não girem como um relógio desgovernado.

Há dentro da Casa Roskamp, funcionários responsáveis por inibir as traças. Eles caminham entre tecidos com equipamentos estranhos, mangueiras acopladas nas costas, borrifando vapores sobre as bobinas.
Ana pede um quadradinho de tecido para uma das atendentes. Um pequeno lenço de *cowboy* para um de seus bichos empalhados.
Ela explica para a moça, que depois pergunta que bicho é. Pois para cada animal, existe um tipo de tecido, cor ou estampa ideal.
Ana diz que é para uma cotia.
Para a cotia é quadriculado de piquenique.
Lola também compra alguns.

* * *

Passam no armazém do Alto da XV para comprar arroz.
O armazém é uma venda menor.
Os salames flutuam entre os frascos de pepinos em conserva.
Queijos estufam enormes.
Nino compra batatas para cozinhar com os peixes.
Compra arroz e azeite.
Compra balas Zequinha para a menina.

Ana lembra da coleção de figurinhas de sua avó, guardadas numa caixa por sua mãe – do palhaço em diversas situações engraçadas.
Comes as balas e guarda as figurinhas: Zequinha pescando, Zequinha no espelho, Zequinha taxidermista.

Alguém comenta que foi inaugurado um novo cinema no centro, chamado Cine Avenida e eles vão até lá.
Enfim Ana entra num bonde elétrico.
Ele chacoalha mais do que elevador de edifício antigo.
É como se ela estivesse num carrinho de Parque de diversões.
Não há vidros na janela.
No centro assistem um filme chamado "A Queridinha do Vovô", de John Ford.
Na volta compram mais algumas balas com as figurinhas: Zequinha e o Zeppelin, Zequinha de bicicleta, Zequinha no bonde elétrico, Zequinha e o pelicano.
Voltam novamente de bonde.
É o mesmo bonde, só que diferente.
No começo da Cândido de Abreu, levanta voo.
Ana fica deslumbrada com a vista lá de cima.
Curitiba sem prédios.
O lago do Passeio Público é uma tartaruga marinha.
Os calçadões são o corpo da serpente gigante, onde moram os casarões.
Araucárias muito grandes desviam do itinerário do bonde.
É possível ver, bem longe, a estradinha de terra de onde os Potypos vieram.
Também uma de suas tradicionais casas – de madeira,

77
77

tão alta e disforme que parece uma capela. As janelas são tortas e os lambrequins possuem formatos bem estranhos.
Ana pensa que na sua coleção, ainda não possui uma figurinha do Zequinha com um Potypo.

Ana já não sabe se deseja mesmo atravessar para o outro lado do espelho.
Começa a gostar da rotina nesta outra casa.
Além de que não é preciso fazer quarentena e ela precisa completar sua coleção de figurinhas do Zequinha.

* * *

Nino leva Ana para pescar no rio Juvevê.
Otto pede para ir junto. O menino adora pescar peixes gigantes.
O Juvevê é uma aquarela turquesa em tarde lilás.
Suas margens abraçam o sol.
Nino e Ana arremessam linhas como se costurassem vestidos. Linhas cheias e pontilhadas.
O menino pesca um peixe alado.
O peixe arrasta a linha criando um novo desenho.
Depois mergulha dentro do samburá ao lado dos outros.
De repente Ana grita: "Têm uma baleia ali!".

A baleia é do tamanho de um dirigível.

O esguicho chega muito alto.
Ana sabe que, na verdade, não é um esguicho, e sim ar quente se encontrando com a atmosfera fria, mas acostumou a falar que é um esguicho.
Nino nunca viu uma baleia no Juvevê.
Ela mergulha e levanta a calda muito alto, mais alto que os cedros na margem.
Alarga as bordas onde nascem os rios.
O canto dela é bonito.
Quando emerge, os peixes saltam.
Ana e Otto correm pela beirada acompanhando-a até onde dá.
Quando estão muito longe, Nino os chama de volta e diz que precisam voltar logo para casa.

Lola, está sentada no sofá lendo um livro de mistérios.
Quando fecha o livro, não há rosto.
A casa é tomada por uma sombra com asas.
A casa é tomada por um farfalhar enorme.
Flamingos estão na varanda.
Ana avisa o menino, que avisa sua mãe e os outros.
Nunca receberam visita de flamingos antes.
Eles são enormes, rosas, equilibram-se em pernas finas.

Outros vão beirando, nas costas e lá embaixo, no jardim também.
Ana e o menino saem para ver e o telhado também está repleto de outras aves – cegonhas, garças, gralhas-azuis, tuins, pardais, araras, gaviões. Também na rua.
Empoleirados nos postes, nos galhos das árvores.
Os bondes impedem os pavões de circularem.
Algo aconteceu na cidade, depois que o dirigível passou.
Os vizinhos também tem problemas.
Aos poucos as aves começam a invadir o interior da casa, quebrando vidraças, bicando os rostos dos fantasmas nas cristaleiras.
Pavões, avestruzes, seriemas, guarás.
Há pássaros por tudo.
De repente, uma buzina engraçada vindo da rua.
É o tio-avô Welfare, que chega de bicicleta nova. Ele diz que a bicicleta veio dentro do dirigível. Novidade na Europa.
Abrem o portão de ferro para ele, que pedala afastando os pássaros, que se assustam com a presença dele.
A buzina da bicicleta tem algum efeito misterioso sobre as aves, que se assustam.
Um imenso pelicano sobrevoa a casa e derruba, sem querer um enorme peixe que transportava na boca, fazendo um buraco no telhado.

Tio Welfare continua pedalando do lado de fora, circundando o terreno e expulsando os pássaros com a buzina.
Com vassouras na mão, todos tentam expulsar as aves.
Alguém liga uma música da Carmem Miranda na vitrola:

Anunciaram e garantiram que o mundo ia se acabar
Por causa disso a minha gente lá de casa começou a rezar
E até disseram que o sol ia nascer antes da madrugada
Por causa disso nessa noite lá no morro não se fez batucada
Anunciaram e garantiram que o mundo ia se acabar
Por causa disso a minha gente lá de casa começou a rezar
E até disseram que o sol ia nascer antes da madrugada
Por causa disso nessa noite lá no morro não se fez batucada

* * *

A batalha parece uma guerra de travesseiros, sem travesseiros.
Nino pega um pavão pelas pernas e joga para fora da janela, enquanto a bisa retira dois papagaios que se esconderam dentro da churrasqueira.
Otto empurra os gansos pela porta de trás.
Lola abre um armário de onde saem garças e gaivotas.
Tio Welfare tira um periquito de dentro do bolso de sua camisa.

Ana pega uma câmera fotográfica sobre a estante e bate uma chapa.

No final do dia, a casa está repleta de penas.
Algumas aves estão mortas, caídas no quintal.
Algumas estão nas barrigas das cobras-árvores.
Nino leva o que sobrou para o sótão, para empalhá-las.
Usa fio, palha, formol e algodão.
Como a vó Lola diz – engana a morte.
Os animais empalhados não são mais os animais de antes. São simulacros, cópias do que um dia foram. Mas é como se ainda mantivessem os mesmos olhos.
Animais empalhados são como abajures ou vasos. Só que não precisam de eletricidade.

* * *

O sol da tarde dorme embaixo de um degrau da escada.
É possível ouvir o som das asas de uma joaninha, pousando sobre a fina película da tarde.
No sótão, Nino empalha. Ferramentas de taxidermia por cima da mesa – arames, linhas, agulhas, recipientes com formol, algodão, sacolas de plástico.
Lá fora, tio Welfare continua circundando a casa na sua bicicleta. Buzinando para pássaros fantasmas.

Na cozinha, Lola esquenta água na chaleira, enquanto o vô Chico acende um charuto. Aos poucos a fumaça se transforma num nevoeiro denso, que engole a casa.

Já não é possível ver os móveis, nem o piano, nem a mesa de jantar, as cristaleiras. O nevoeiro é como o espelho e Ana ao se perder, volta para o outro lado. Está novamente no sótão de sua casa, com furo no telhado e esqueletos abandonados. É difícil de respirar, por causa das caixas. Rapidamente, joga um cobertor velho sobre o espelho de sua bisavó e desce para comer pinhões cozidos que sua mãe fez para o café. Confere no bolso do pijama e encontra seu maço de figurinhas do Zequinha e o pedaço de tecido quadriculado para sua cotia empalhada. Entre as figurinhas do maço, uma do Zequinha e o Potypo e outra do Zequinha no bondinho voador. Sobre o armário da sala, ao lado de um pote de álcool-gel, está a foto de seus parentes, expulsando os pássaros. Abre o porta-retrato e vê o nome de sua bisavó escrito, a lápis, no verso – Ana.

Fabiano Vianna nasceu em Curitiba, Julho de 1975. Formado em Arquitetura e Urbanismo pela PUCPR em 2001. Trabalha como designer e ilustrador na Ctrl S Comunicação. Lançou em 2009 uma revista de literatura pulp chamada LAMA – de suspense e terror e a reedição da histórica LODO (de Florestano Boaventura). Iniciou em 2017 um projeto de desenhar cenas de terreiro e entidades da Umbanda, chamado Sketchmacumba. Coautor do livro Sketchers do Brasil e integrante do movimento Urban Sketchers. Participou das exposições coletivas de arte: Coletivo de Arte –Traços Curitibanos, Retrospectiva Urban Sketchers Curitiba, Volta ao Centro Histórico em 80 dias. Selecionado nos editais literários Off-Flip, Itaú Cultural e Editora Ipê Amarelo - 2020. Finalista no edital Crônicas da Quarentena, da editora Dublinense e menção honrosa no 1º Prêmio Literário Máquina de Contos, 2021. Selecionado com o livro A festa da moça nova, no edital Outras Palavras - Lei Aldir Blanc 2020, da Secretaria de Estado da Comunicação e da Cultura do Paraná. Gosta de sketchbooks, HQs, fotonovelas, charutos, livros impressos e histórias do sobrenatural. Instagram: @fabzvianna

Este livro foi produzido no Laboratório Gráfico Arte & Letra,
com impressão em risografia e encadernação manual.